Emman...

Le mal de Pénélope

**Illustrations de
Luc Chamberland**

Inspiré de la série télévisée Kaboum,
produite par Productions Pixcom inc.
et diffusée à Télé-Québec

la courte échelle

Les éditions de la courte échelle inc.
5243, boul. Saint-Laurent
Montréal (Québec) H2T 1S4
www.courteechelle.com

Direction littéraire :
Annie Langlois

Révision :
Marie Pigeon Labrecque

Conception graphique de la couverture :
Elastik

Conception graphique de l'intérieur :
Émilie Beaudoin

Infographie :
Nathalie Thomas

Coloriste :
Etienne Dufresne

Dépôt légal, 3e trimestre 2009
Bibliothèque nationale du Québec

D'après la série télévisuelle intitulée *Kaboum* produite par Productions Pixcom Inc. et télédiffusée par Télé-Québec.

La courte échelle reconnaît l'aide financière du gouvernement du Canada par l'entremise du Programme d'aide au développement de l'industrie de l'édition pour ses activités d'édition. La courte échelle est aussi inscrite au programme de subvention globale du Conseil des Arts du Canada et reçoit l'appui du gouvernement du Québec par l'intermédiaire de la SODEC.

La courte échelle bénéficie également du Programme de crédit d'impôt pour l'édition de livres — Gestion SODEC — du gouvernement du Québec.

Catalogage avant publication de Bibliothèque et Archives nationales du Québec et Bibliothèque et Archives Canada

Aquin, Emmanuel

    Kaboum

    (Série La maladie de Pénélope)
    Sommaire: t. 14. Le mal de Pénélope

    Pour enfants de 6 ans et plus.

    ISBN 978-2-89651-121-1 (v. 14)

I.   Chamberland, Luc. II. Titre. III. Titre: Le mal de Pénélope

PS8551.Q84K33 2007   jC843'.54   C2007-942059-1
PS9551.Q84K33 2007

Imprimé au Canada

46

Emmanuel Aquin

Le mal de Pénélope

Illustrations de
Luc Chamberland

la courte échelle

Les Karmadors et les Krashmals

Un jour, il y a plus de mille ans, une météorite s'est écrasée près d'un village viking. Les villageois ont alors entendu un grand bruit: *kaboum!* Le lendemain matin, ils ont remarqué que l'eau de pluie qui s'était accumulée dans le trou laissé par la météorite était devenue violette. Ils l'ont donc appelée… *l'eau de Kaboum.*

Ce liquide étrange avait la vertu de rendre les bons meilleurs et les méchants pires, ainsi que de donner des superpouvoirs. Au fil du temps, on a appelé les bons qui en buvaient les *Karmadors*, et les méchants, les *Krashmals.*

Au moment où commence notre histoire, il ne reste qu'une seule cruche d'eau de Kaboum, gardée précieusement par les Karmadors.

Le but ultime des Krashmals est de voler cette eau pour devenir invincibles. En attendant, ils tentent de dominer le monde en commettant des crimes en tous genres. Heureusement, les Karmadors sont là pour les en empêcher.

⚡⚡⚡

Les personnages du roman

Magma (Thomas)

Magma est un scientifique. Sa passion : travailler entouré de fioles et d'éprouvettes. Ce Karmador grand et plutôt mince préfère la ruse à la force. Lorsqu'il se concentre, Magma peut chauffer n'importe quel métal jusqu'au point de fusion.

Gaïa (Julie)

Gaïa est discrète comme une souris : petite, mince, gênée, elle fait tout pour être invisible. Son costume de Karmadore comporte une cape verdâtre qui lui permet de se camoufler dans la nature. Gaïa a un don : grâce à ses antennes, elle peut dialoguer avec toutes les espèces végétales.

Mistral (Jérôme)

Mistral est un beau jeune homme aux cheveux blonds et aux yeux bleus, fier comme un paon et sûr de lui. Son pouvoir est son supersouffle, qui lui permet de créer un courant d'air très puissant.

Lumina (Corinne)

Lumina est une Karmadore solitaire très jolie et très coquette. Elle est capable de générer une grande lumière dans la paume de sa main. Quand Lumina tient la main de son frère jumeau, Mistral, la lumière émane de ses yeux et s'intensifie au point de pouvoir aveugler une personne.

STR (Esther)

Esther est la propriétaire de l'Épicerie Bordeleau et la tante de Paul. Elle a été nommée grande chef de tous les Karmadors. Sévère mais juste, elle est respectée par toutes les personnes qui la côtoient.

Xavier Cardinal

Xavier est plus fasciné par la lecture que par les sports. À sept ans, le frère de Mathilde est un rêveur, souvent dans la lune. Il est blond et a un œil vert et un œil marron (source de moqueries pour ses camarades à l'école). Xavier, qui est petit pour son âge, a hâte de grandir pour devenir enfin un superhéros, un pompier ou un astronaute.

Mathilde Cardinal

C'est la grande sœur de Xavier et elle n'a peur de rien. À neuf ans, Mathilde est une enfant un peu grande et maigre pour son âge. Sa chevelure rousse et ses taches de rousseur la complexent beaucoup. En tout temps, Mathilde porte au cou un médaillon qui lui a été donné par son père.

Pénélope Cardinal

Pénélope est la mère de Mathilde et de Xavier. Cette femme de 39 ans est frêle, a un teint pâle et une chevelure blanche. Elle est atteinte d'un mal inconnu qui la cloue dans un fauteuil roulant.

Les personnages du roman

Riù

Riù est le chef des Krashmals de la province. Très ambitieux et pas tellement intelligent, il est persuadé qu'il deviendra un jour Krashmal Suprême. Il s'est souvent attaqué aux enfants de l'Épicerie Bordeleau, sans grand succès. Riù peut faire jaillir des éclairs de ses mains et il a le pouvoir d'hypnotiser les gens.

Gyorg

Ce gros Krashmal est aussi connu pour sa force redoutable que pour ses pets pestilentiels. Personne ne pue autant que Gyorg! Et personne n'est aussi niais! Cet être toujours affamé est le fidèle assistant de Riù, qu'il admire beaucoup.

Résumé

Pendant des mois, le terrible Shlaq et son assistant Fiouze ont pourchassé la petite Mathilde Cardinal pour lui voler le médaillon qu'elle porte au cou et qui contient une goutte d'eau de Kaboum. Grâce aux Karmadors de la brigade des Sentinelles, Mathilde et sa famille ont réussi à repousser les Krashmals et à envoyer Shlaq en prison.

Les Karmadors s'inquiètent maintenant de la santé de Pénélope, la mère de Mathilde et de Xavier. Sa maladie mystérieuse, qui la cloue dans un fauteuil roulant, semble s'aggraver.

Chapitre 1

Il y a un mois que Shlaq a été vaincu par les Karmadors de la brigade des Sentinelles. Un mois qu'il n'y a pas eu d'activité krashmale dans la charmante petite ville de Sainte-Liberté-du-Cardinal.

L'ancien quartier général de Shlaq, aménagé dans la maison du maire Frappier, est à l'abandon. Le maire ne veut plus réintégrer son domicile à cause des mauvaises odeurs laissées par les Krashmals. Il habite chez des amis en attendant de se faire construire une autre maison.

Les chats du maire Frappier, Mout et Sheba, retournent souvent dans leur ancienne demeure abandonnée. Ils aiment chasser les souris dans le sous-sol et courir après les papillons dans le jardin.

Mais ce matin, les deux félins s'approchent de la maison avec méfiance. Une odeur maléfique émane des lieux.

Prudemment, les chats entrent par la fenêtre. Ils entendent des bruits au sous-sol. Comme ils sont très curieux, Mout et Sheba descendent les marches pour aller voir ce qui se passe. C'est alors qu'ils tombent sur deux individus très antipathiques!

– Gyorg, espèce d'escargot puant, frappe plus à gauche! crie Riù, le chef des Krashmals de la province.

– Oui, chef! C'est où, la gauche? demande Gyorg, son gros assistant.

– C'est la main avec laquelle tu te décrottes le nez! répond Riù.

Gyorg comprend les instructions et se met à frapper le mur avec son front. Boum! Boum! Par chance, le Krashmal a le coco très dur.

– Plus fort! ordonne Riù.

Gyorg recule de quelques pas, prend son élan et court vers le mur. Cette fois, sa tête passe à travers la paroi et le pauvre reste coincé. Le Krashmal se débat et réussit à se dégager. Il crache de la poussière et des morceaux de plâtre. Le trou qu'il a percé laisse entrevoir une pièce secrète...

– Ça y est! On a trouvé la cachette! jubile Riù. Cette fois, rien ne va m'arrêter!

Le soleil du matin brille au-dessus de la base des Sentinelles.

Dans sa chambre, le jeune Xavier cogne au mur avec son marteau. Il essaie d'enfoncer un clou, mais il a de la difficulté à frapper assez fort. L'outil est trop lourd pour ses petites mains.

Sa sœur Mathilde vient le rejoindre.

— Qu'est-ce que tu fais? demande-t-elle.

— Je veux accrocher mes souvenirs au mur. Je commence à en avoir plusieurs: il y a l'anneau de Shlaq, les lunettes de Pygmalion et la robe de Kramule!

— Tous des objets krashmals! Pourquoi veux-tu les mettre en évidence?

— Parce que ce sont des souvenirs de toutes les victoires des Sentinelles!

Mathilde trouve que son frère a de

drôles d'idées, mais elle décide de l'aider quand même. Comme elle est beaucoup plus forte que Xavier, elle s'empare du marteau et enfonce les clous.

⚡⚡⚡

Dans la cuisine, Gaïa fixe intensément une plante dans un pot. Les antennes sur sa tête s'agitent et la Karmadore s'adresse aux feuilles :

— Petite plante, m'entends-tu ?

— Oui, répond le végétal. Me donnerais-tu un peu d'eau ? J'ai soif !

— Bien sûr ! dit Gaïa. Mais j'aurais

d'abord un service à te demander. Pourrais-tu bouger tes feuilles?

— Désolée, je n'en suis pas capable. Pourquoi me demandes-tu cela?

— Parce que j'aimerais un jour pouvoir contrôler les plantes. Ça pourrait être très utile dans la lutte contre les Krashmals.

Gaïa va chercher l'arrosoir. C'est alors que Magma arrive dans la cuisine.

– Que fais-tu? demande le chef des Sentinelles.

– J'essaie de m'entraîner à contrôler les plantes. C'est difficile, répond Gaïa en arrosant la terre.

– Je comprends. Moi aussi, je m'exerce à développer mon pouvoir. Je voudrais faire fondre les métaux plus rapidement. Après toutes les aventures que nous avons vécues, je veux être le plus puissant possible pour défendre la population contre les Krashmals.

⚡⚡⚡

– Dans le gymnase des Sentinelles, Lumina soulève des poids en poussant des râles.

Son frère Mistral arrive alors avec un magazine dans les mains. Il a un sourire fier tandis qu'il montre la page couverture. On y voit une photo de lui en civil, sans son masque de Karmador, torse nu, les muscles saillants.

— Tu as vu la dernière édition du magazine d'éducation physique *Sport et Santé*? lance-t-il. Elle est chouette, cette photo, n'est-ce pas?

— Tu es un Karmador, répond Lumina. Pourquoi perds-tu ton temps à faire le beau pour un magazine?

— Je n'ai pas posé pour la photo en tant que Mistral, mais bien en tant que Jérôme. Ce n'est pas ma faute s'ils me trouvaient beau! Je crois que je vais faire agrandir la couverture pour la transformer en affiche. On pourrait la mettre dans le gymnase. Qu'en dis-tu?

— Qu'est-ce que j'ai fait pour avoir un jumeau aussi coquet? soupire Lumina.

⚡⚡⚡

Dans le salon, Pénélope est assise dans son fauteuil roulant. Elle parcourt un livre d'histoire sur ses ancêtres amérindiens.

Elle tousse beaucoup. Depuis quelques semaines, les symptômes de sa maladie mystérieuse ont empiré. Pénélope semble très faible, son teint est pâle et elle doit se reposer souvent.

Magma la rejoint au salon :

– Salut, Pénélope. STR m'a appelé pour dire qu'elle viendra t'examiner après sa réunion du Grand Conseil des Karmadors. Elle s'inquiète beaucoup pour toi.

Pénélope sourit. Mais au moment où elle va parler, elle se met à tousser. Sa toux est profonde et lui demande énormément d'énergie. La pauvre Pénélope, épuisée, perd connaissance. Magma la prend dans ses bras.

– Gaïa ! crie le Karmador. Viens vite m'aider !

$\lightning\lightning\lightning$

Dans les ruines de la maison du maire,
Riù et Gyorg explorent la cachette laissée

par Shlaq. Ils y trouvent plusieurs appareils krashmals.

– C'est quoi, ça? demande Gyorg en désignant une grosse machine remplie de tubes.

– C'est ce qu'on est venus chercher, répond Riù. C'est le multiplicateur de pouvoirs utilisé par Kramule l'an dernier. Morviaq, le Krashmal Suprême, m'a demandé de le récupérer pour lui.

Gyorg sursaute en se tournant vers les escaliers.

– Chef! Regardez! Deux boules de poils qui bougent toutes seules!

– Ce sont des chats, pauvre concombre!

– Oh non, je n'aime pas les animaux poilus, moi! s'exclame Gyorg. Le poil, ça se digère mal!

Le Krashmal puant se penche et oriente ses fesses vers l'escalier. Il lâche un gros pet bruyant en direction de Mout et Sheba. Les deux chats quittent la maison à toute vitesse.

— Allez, aide-moi avec la machine au lieu de péter sur les chats! grogne Riù.

✦✦✦

Magma et Gaïa emmènent Pénélope à l'infirmerie. Magma s'occupe de placer un masque à oxygène sur la bouche de la femme inconsciente. Mathilde, qui les a accompagnés, est très inquiète:

— Qu'est-ce qu'elle a? Est-ce que sa maladie a empiré? demande la fillette.

— Nous nous en occupons, répond Gaïa. Nous allons utiliser toutes les ressources des Karmadors pour l'aider.

Magma hoche la tête:

— Je vais contacter STR immédiatement!

Chapitre 2

Dans le sous-sol de la maison du maire, Riù et Gyorg ont installé le multiplicateur de pouvoirs au milieu de la pièce.

— Alors, comment ça marche, cette machine de pouvoirs ? demande Gyorg.

— Elle ne fonctionne plus. Magma a fait fondre ses circuits quand il a battu Kramule. Heureusement pour moi, le professeur Nécrophore m'a donné des instructions précises pour la réparer.

Riù montre une feuille remplie d'indications complexes. Gyorg, qui ne sait pas lire, est impressionné par le document:

– Dites donc, c'est un plan qui a l'air très compliqué! lance le gros Krashmal. C'est plein de dessins et de chiffres et de petites lettres!

– Pour un génie comme moi, lire ce plan est un jeu d'enfant. Par contre, pour quelqu'un dans ton genre, qui a un cerveau comme une olive moisie, c'est une tâche impossible.

Gyorg est épaté:

– Mon cerveau est comme une olive moisie? Wow! Est-ce que je peux le manger?

⚡⚡⚡

Dans le ciel, au-dessus de Sainte-Liberté-du-Cardinal, une silhouette file à toute allure.

Il s'agit de STR, qui voyage à grande vitesse grâce à son KarmaJet. En quelques minutes, elle arrive à la base des

Sentinelles. Elle atterrit devant la maison et enlève son casque. Gaïa l'accueille, la mine grave :

— Merci d'être venue si vite, STR !

— Je serais arrivée plus tôt, mais le Grand Conseil avait besoin de moi pour discuter de la dernière attaque de Morviaq, répond la chef des Karmadors. Vite, montre-moi Pénélope, il n'y a pas de temps à perdre !

Elles se dirigent vers l'infirmerie, où Magma veille sur Pénélope. Mathilde et Xavier sont à côté du Karmador, très inquiets.

— Les enfants, je vais examiner votre mère, annonce STR. Je dois être seule avec elle.

— Nous n'allons pas abandonner maman ! répond Mathilde. Elle a besoin de nous !

Gaïa vient prendre les enfants par la main :

— Allez, Pénélope est entre bonnes mains. Il faut laisser STR faire son travail. S'il y a une personne qui peut aider votre mère, c'est elle.

Les enfants acceptent à regret de suivre Gaïa hors de l'infirmerie.

⚡⚡⚡

Dans la maison du maire, Riù s'applique à brancher des fils dans le multiplicateur de pouvoirs. Gyorg, à quatre pattes dans un coin, cherche des araignées à se mettre sous la dent :

— Il n'y a pas grand-chose à manger, ici ! se plaint le Krashmal puant. Même pas un petit rat ! J'imagine que les satanés chats leur ont fait peur !

— Arrête de tout le temps penser à manger et viens m'aider ! fait Riù.

— Chef, je ne comprends pas pourquoi on doit réparer cette grosse machine. Si Morviaq la veut, il n'a qu'à la réparer lui-même, non ?

Riù pousse un grand soupir d'impatience :

— Si on la répare, on pourra s'en servir avant de la remettre à Morviaq, tu comprends ?

Gyorg sourit :

— Non, je ne comprends pas.

Riù est exaspéré :

— En me branchant au multiplicateur de pouvoirs, je vais aspirer toute l'électricité de la région, et la placer dans une super-pile. Ensuite, grâce à cette grande quantité d'énergie emmagasinée, je deviendrai très puissant et je pourrai me venger de ces satanées Sentinelles !

Gyorg secoue la tête :

— Désolé, chef, je ne comprends toujours pas.

À l'infirmerie, STR active plusieurs appareils à diagnostic. Pénélope reprend lentement conscience.

Sans que les deux femmes s'en rendent compte, Mathilde les espionne depuis la porte. La fillette se fait très discrète tandis qu'elle écoute la conversation…

— Ne bouge pas, Pénélope, dit STR. Je suis en train d'analyser les symptômes de ta maladie. C'est curieux, je n'ai jamais rien vu de semblable.

Pénélope soupire :

– C'est parce que c'est une maladie krashmale. Personne ne peut rien pour moi.

– Comment le sais-tu? demande STR.

– Le docteur Pygmalion, un des pires Krashmals de tous les temps, m'a annoncé avant de mourir que le virus avait été créé dans son laboratoire. Ma mère en est morte, comme ma grand-mère avant elle. Le virus se transmet de mère en fille.

– Et Mathilde? s'inquiète STR. Est-elle atteinte de la maladie elle aussi?

– Non. Le virus n'affecte que les shamanes et Mathilde n'a pas hérité de mes pouvoirs. Je crois que c'est parce que j'étais déjà affaiblie par la maladie quand je l'ai mise au monde.

– Mais pourquoi s'en prendre à ta famille?

– Le clan du Cardinal s'est fait beaucoup d'ennemis, au fil des siècles. En tant qu'alliés des Karmadors, nous avons aidé à protéger l'eau de Kaboum. Il est normal que les Krashmals nous détestent, surtout que leurs pouvoirs n'ont aucun effet sur nous. C'est pourquoi ils ont empoisonné ma lignée. Je suis la dernière de mon clan.

— À mon avis, si on trouve la formule élaborée par les Krashmals pour créer cette maladie, on pourra peut-être te guérir. Je vais faire des recherches dans les archives des Karmadors. J'ai déjà lu quelques articles qui pourraient nous aider sur les virus krashmals.

Mathilde n'est plus capable de se cacher. Elle intervient en s'adressant à STR:

— Et si on donnait à ma mère la goutte d'eau de Kaboum qui est dans mon médaillon ?

Les deux femmes sursautent en apercevant la jeune fille. STR fronce les sourcils, mécontente d'avoir été espionnée, et soucieuse de ce que Mathilde a pu entendre. Elle secoue la tête :

— Ça ne changerait rien à sa santé, affirme-t-elle.

— Et si je la buvais moi-même ? continue la fillette. Peut-être que je me transformerais en Karmadore capable de guérir ma mère !

— Non, mon chou, répond Pénélope. Si tu bois de l'eau de Kaboum, tu risques de contracter ma maladie. Dès que tu auras un pouvoir de shamane comme le mien, le virus va se développer en toi.

Mathilde se retient de pleurer. Elle voudrait tellement aider sa mère et retrouver les sales Krashmals qui l'ont mise dans cet état ! Trop émue, la fillette quitte la pièce en courant.

⚡⚡⚡

Sur le balcon, Xavier tourne en rond. Il a hâte de pouvoir parler à sa mère.

Gaïa tente de le divertir en jouant aux charades avec lui, mais il n'a pas le cœur à s'amuser.

Mathilde les rejoint, bouleversée. Elle cache ses larmes à son frère pour ne pas l'inquiéter, mais Gaïa remarque sa détresse. La Karmadore prend la fillette par les épaules :

— STR est la Karmadore la plus intelligente sur Terre. Elle va sûrement trouver une solution au problème, et bientôt, ta mère sera rétablie. Tu en as ma parole.

C'est alors que Xavier se lève et désigne un point au loin :

— Là ! Regardez ! Ce sont les chats du maire qui viennent vers nous !

Tout content de retrouver Mout et Sheba, Xavier trotte à leur rencontre.

« Pourquoi sont-ils ici ? » se demande-t-il.

⚡⚡⚡

Dans le sous-sol du maire, Gyorg trouve un petit trou de souris sous les escaliers.

— Chic! Je vais enfin manger une collation! lance-t-il.

Le gros Krashmal enfonce sa main dans le trou. Clac! Une trappe à souris se referme sur ses doigts.

— Ouille! Je me suis fait mordre! Ouille! crie Gyorg en agitant la main.

À côté de lui, Riù grogne de mécontentement:

— Cesse de faire l'andouille! J'ai enfin terminé de réparer le multiplicateur de pouvoirs. Dans quelques minutes, je vais le brancher et je deviendrai plus puissant que jamais!

Gyorg réussit à enlever la trappe et la jette au loin:

— Dites donc, les souris d'ici, elles sont drôlement rusées! Elles ont installé des pièges dans leurs trous!

Chapitre 3

STR programme le scanneur de l'infirmerie. Magma et Gaïa placent Pénélope sur
une civière spéciale. Xavier et Mathilde
les regardent depuis la porte. Ils voient
les Karmadors brancher plusieurs appareils électroniques aux bras et autour de
la tête de leur mère. Xavier serre Mout
contre lui pour le flatter. Mathilde s'occupe
de Sheba.

Mistral et Lumina rejoignent les enfants :

— Venez, on va aller jouer dehors. Il

faut laisser STR préparer ses tests, dit Lumina.

— Qu'est-ce qu'elle va faire à maman ? s'inquiète Mathilde.

— Il faut sonder les organes et le cerveau de Pénélope. C'est une opération délicate et c'est pourquoi on ne doit pas déranger STR, d'accord ?

Les enfants hochent la tête. Ils comprennent l'importance des tests. Mathilde s'approche de sa mère pour lui prendre la main :

— Si tu as besoin de nous, nous serons juste à côté.

Pénélope serre la main de sa fille :

— Je sais, ma belle. Vous êtes toujours là pour moi.

Mathilde et Xavier sortent de l'infirmerie.

Dès qu'ils sont partis, STR explique à Pénélope ce qu'elle s'apprête à faire :

— Nous allons t'endormir et te brancher à un respirateur artificiel. Comme ça, nous pourrons ralentir ta respiration pour mieux examiner tes poumons.

⚡⚡⚡

Une fois sur le perron, Xavier pose Mout par terre. Le chat reste collé au garçon. Xavier s'interroge :

— Ce n'est pas normal. Mout devrait jouer dehors. C'est comme s'il voulait me dire quelque chose.

— Pourquoi ces minous ne sont pas retournés voir le maire ? Que font-ils ici ? demande Mistral.

— Ils sont très intelligents, dit Xavier. Peut-être qu'ils essaient de nous parler.

Lumina prend Mistral à part pour éviter que les enfants les entendent :

— Tu sais, commence-t-elle, je crois qu'il serait bon d'occuper les enfants pendant que STR fait ses tests. Ça les divertira et les empêchera de penser à leur mère.

Mistral approuve. Il va ensuite retrouver Xavier :
 — Petit homme, que dirais-tu d'aller voir
le maire pour lui rapporter ses chats ?

Xavier accepte sans hésiter :

— D'accord ! Est-ce qu'on peut y aller en KarmaJet ?

Mistral sourit :

— Tu sais bien que les KarmaJets ne sont pas des jouets et que nous ne les utilisons que pour les missions.

Subtilement, Lumina donne un coup de coude à Mistral. Ce dernier se reprend aussitôt :

— Mais aujourd'hui, je crois que nous pourrions faire une exception. Prenons les KarmaJets, capitaine ! Allez hop ! Mettons les chats dans une petite cage !

Lumina se tourne vers Mathilde :

— Et toi, ma belle, que veux-tu faire ?

Mathilde croise les bras :

— Je ne bouge pas d'ici ! Si STR a besoin de moi ou de la goutte d'eau de Kaboum dans mon médaillon, je serai là !

Dans le sous-sol du maire, Riù s'installe devant la machine qu'il a réparée. Gyorg l'aide à enfiler les différents tubes au bout de ses doigts.

— Chef, est-ce qu'on pourra aller manger, après? demande le gros Krashmal.

— Ne t'en fais pas! Quand j'aurai fini, tu pourras manger du Karmador grillé! Ha! ha! ha!

Gyorg regarde son patron, un peu confus:

— Je ne veux pas manger du Karmador grillé, chef. Je préférerais du ragoût de limaces.

Riù soupire bruyamment.

$$\frac{4}{7}\frac{4}{7}\frac{4}{7}$$

Une fois les chats installés dans leur cage, Xavier vient rejoindre Mistral devant la maison. Le Karmador a enfilé le KarmaJet sur son dos. Les courroies sont bien attachées et l'appareil est prêt à décoller.

— N'oublie pas de mettre ton casque, petit homme! fait Mistral.

Xavier glisse sa tête dans un casque de sécurité. Ensuite, le Karmador attache Xavier avec une sangle, reliée à son propre harnais. L'homme prend le garçon dans ses bras musclés, ainsi que la cage des chats.

— À plus tard! leur lance Lumina.

Mistral appuie sur le bouton de démarrage. Une flamme jaillit du KarmaJet.

– Prêt? On y va! Banzaï! s'écrie le Karmador blond.

Le KarmaJet s'envole dans les cieux et se dirige vers la ville. Le soleil se couche et le paysage est magnifique. Xavier hurle de plaisir. «On se croirait dans des montagnes russes, songe-t-il, mais en mille fois mieux!»

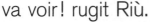

Les dix doigts de Riù sont maintenant branchés au multiplicateur de pouvoirs. Le Krashmal a un air machiavélique :

— Gyorg! Active la machine immédiatement!

Le Krashmal puant appuie sur un bouton. L'appareil se met à vrombir. Plusieurs voyants lumineux s'allument.

— Et maintenant, on va voir ce qu'on va voir! rugit Riù.

Le chef krashmal agite ses doigts et des éclairs en jaillissent. Soudain, toutes les lumières du sous-sol s'éteignent.

– Ça marche! Ça marche! crie Gyorg.

⚡⚡⚡

Une panne d'électricité s'abat sur la ville de Sainte-Liberté. Partout, les appareils électriques cessent de fonctionner. Les feux de circulation s'éteignent, les enseignes lumineuses aussi, puis les télévisions et les radios se taisent.

La base des Sentinelles n'échappe pas à la panne. Mais par chance, un système de génératrices a été installé pour pallier cette éventualité.

– Tiens, une panne! dit STR à Gaïa, qui est venue l'aider. Heureusement que nous avons une autre source électrique, car les tests sur Pénélope sont délicats. S'il fallait que le respirateur artificiel s'arrête, ça pourrait être dangereux.

⚡⚡⚡

Dans le sous-sol, Riù éclate de rire:

— C'est formidable! Je sens que j'aspire toute l'électricité de la ville en même temps!

Il jette un regard à la superpile, placée sur le multiplicateur de pouvoirs.

— La pile n'est pas encore complètement chargée. Gyorg, augmente l'intensité!

Le Krashmal malodorant tourne un bouton. Le bruit de la machine s'intensifie. Des étincelles et des petits éclairs jaillissent de partout.

— Aaaah! Je me sens rempli d'énergie! rugit Riù.

À la base des Sentinelles, les lumières s'éteignent. Les génératrices ne sont plus capables de fonctionner : toute leur électricité est aspirée par Riù !

À l'infirmerie, le respirateur artificiel tombe en panne. STR s'affole :

– Oh non ! Vite, aide-moi à installer la pompe manuelle ! ordonne-t-elle à Gaïa.

Gaïa branche un soufflet à côté de Pénélope.

– Je vais activer la pompe à intervalles très réguliers, explique STR. Gaïa, les Sentinelles doivent trouver la source de cette panne et rétablir le courant au plus vite !

La Karmadore aux antennes quitte aussitôt l'infirmerie.

Au-dessus de la ville, propulsé par le KarmaJet, Mistral fait signe à Xavier :

— Regarde ! On dirait qu'il y a une panne de courant ! dit le Karmador.

Xavier hoche la tête en observant le paysage qui s'assombrit. C'est alors qu'il remarque quelque chose d'étrange :

— Là ! s'écrie le garçon en montrant une résidence du doigt. Des éclairs sortent de l'ancienne maison du maire !

Le Karmador décide d'aller voir ce qui se passe. Le KarmaJet se pose dans le jardin, au bord de la rivière. Xavier laisse sortir les chats de leur cage. Les deux bêtes vont se cacher dans un arbre.

Xavier indique la maison :

— Les éclairs proviennent du sous-sol ! Viens !

Le garçon s'élance vers la résidence.

— Attends ! Ce n'est pas prudent pour les enfants ! l'avertit Mistral.

Mais le garçon est déjà entré.

Sans prendre le temps d'enlever son KarmaJet, le Karmador court à la suite de Xavier. Ensemble, ils descendent les marches…

Ils tombent nez à nez avec Gyorg!

Chapitre 4

À l'infirmerie, STR active la pompe du respirateur de Pénélope. La pièce est plongée dans le noir. La chef des Karmadors ne peut même pas voir sa montre.

Elle sort sa goutte, mais celle-ci reste éteinte.

«C'est étrange, se dit-elle. Les piles de ma goutte devraient fonctionner. On dirait que toutes les sources d'électricité ont disparu... comme lorsque Riù est dans les parages, mais en beaucoup plus fort.»

⚡⚡⚡

Dans le sous-sol de la maison du maire, Gyorg s'exclame :

— Chef! Un Karmador aux cheveux jaunes et son complice!

Le gros Krashmal se penche pour envoyer un pet vers Mistral et Xavier.

Aussitôt, Mistral souffle, repoussant la mauvaise odeur vers les Krashmals.

Riù, les doigts reliés à son appareil, hurle à Gyorg :

— Arrête de péter, abruti! Le Karmador me renvoie tes flatulences au visage!

— Xavier, enfuis-toi et va chercher de l'aide! lance Mistral, en reprenant son souffle.

Sans perdre une seconde, Xavier remonte les escaliers et sort de la maison.

Gyorg tente de donner un coup de poing au Karmador, mais ce dernier l'évite facilement. Riù ne peut rien faire: ses dix doigts sont retenus par les tubes du multiplicateur de pouvoirs!

— Alors, mon gros navet, toujours aussi lent? se moque Mistral, en esquivant les coups de Gyorg.

— Arrête de bouger comme ça! se lamente le Krashmal.

Dehors, Xavier court vers la maison des voisins et cogne à la porte:

— Vite, vite! s'exclame l'enfant à la dame qui lui répond. Il faut contacter les Sentinelles! Les Krashmals sont dans la maison du maire!

— Mon pauvre petit, toutes les lignes téléphoniques sont en panne! répond la dame.

Xavier poursuit sa course le long de la rivière. Il se creuse les méninges: comment contacter les Karmadors?

⚡⚡⚡

À la base des Sentinelles, Gaïa soupire. Magma pose la main sur son épaule :

— Qu'est-ce que tu as ? demande le chef des Sentinelles.

— Je pense à Mistral et Xavier. J'espère qu'il ne leur est rien arrivé.

⚡⚡⚡

Au sous-sol de la maison du maire, Mistral souffle au visage de Gyorg pour le dérouter. Derrière lui, Riù fulmine :

— Karmador de malheur ! Lâche mon assistant !

Mistral se tourne vers Riù :

— Ne t'en fais pas, ton tour arrivera bientôt !

C'est alors que Riù fixe Mistral de ses yeux, qui se mettent à briller. Le Karmador blond ne se rend pas compte que le regard de Riù est hypnotique. Il cesse de bouger, fasciné. Gyorg en profite alors pour lui envoyer un pet monstrueux en pleine tête. Les cheveux de Mistral sont dépeignés par le vent nauséabond de la flatulence. Le Karmador s'effondre, terrassé par la mauvaise odeur.

À la base des Sentinelles, Lumina est postée au sommet de la tour d'observation et scrute l'horizon. Elle se désole de ne pouvoir être aux côtés de STR pour l'assister auprès de Pénélope. Mais elle doit utiliser son rayon lumineux pour éclairer les environs, comme un phare.

Pendant ce temps, Gaïa tente de faire démarrer sa voiture électrique. Rien ne fonctionne. Magma essaie la camionnette des Sentinelles, mais celle-ci refuse de s'activer. Les batteries de tous les véhicules sont à plat.

STR crie à partir de l'infirmerie :

— Magma! Magma! Cette panne ressemble étrangement aux manifestations du pouvoir de Riù. Je ne serais pas surprise qu'il en soit la cause. On dirait qu'il a trouvé un moyen de décupler sa puissance.

Le chef des Sentinelles se tourne vers Gaïa :

— Je vais vérifier si les KarmaJets sont fonctionnels. Si STR a raison, nous allons devoir régler son compte à ce Riù de malheur!

✦✦✦

Xavier court en longeant la rivière tandis que le soleil disparaît à l'horizon. Comment contacter les Karmadors quand on est un jeune garçon coincé dans la campagne nocturne?

C'est alors que Xavier rencontre des campeurs, installés dans un champ avec leurs tentes. Ces derniers se font rôtir des guimauves sur un feu de camp. En regardant les flammes, Xavier a une idée.

— Passez-moi une couverture, c'est une urgence! dit le garçon.

Un campeur lui prête celle sur laquelle il était assis:

— Que veux-tu en faire? demande-t-il.

— Je vais imiter mes ancêtres amérindiens, explique Xavier. Ils n'avaient pas de téléphone, eux non plus. Voici comment ils s'envoyaient des messages!

Xavier s'empare de la couverture à deux mains et la laisse tomber sur le feu. Puis, il la retire rapidement.

— Il est fou! s'exclame le campeur.

Le garçon répète son geste. Cette fois, il se contente de passer la couverture au-dessus des flammes.

Dans le ciel, la fumée monte de façon irrégulière…

✦✦✦

Du haut de la tour d'observation, Lumina remarque quelque chose d'anormal à l'horizon:

— Là-bas! crie-t-elle à Magma et à Gaïa. Je vois des signaux de fumée!

Magma hoche la tête en observant la colonne de fumée interrompue qui monte dans le ciel:

— On dirait les messages que s'envoyaient les Amérindiens. Je vais aller voir de plus près!

Gaïa lui emboîte le pas:

– Si Riù est là-bas, tu auras besoin de renfort!

Les deux Karmadors endossent un KarmaJet. Grâce à leur système spécial au liquide de cristal, les appareils se mettent en marche sans problème! Magma enfile aussitôt son casque et s'envole. Gaïa le suit de près.

— Bonne chance! s'écrie Lumina, du haut de sa tour, en voyant ses amis foncer vers les signaux de fumée.

⚡⚡⚡

Dans le sous-sol de la maison du maire, Gyorg retire le KarmaJet du corps inconscient de Mistral.

«J'ai toujours voulu voler, moi aussi, se dit-il. Je me demande comment on fait.»

Le Krashmal puant enfile l'appareil et cherche le bouton de démarrage. Mais comme il ne connaît pas le code de sécurité, il ne réussit pas à activer le moteur. Riù se tourne vers lui:

— Qu'est-ce que tu fais, abruti? Ne me dis pas que tu essaies de voler! Nous sommes dans un sous-sol! Tu aurais pu nous tuer tous les deux!

Gyorg hausse les épaules, puis pousse Mistral sous l'escalier.

Riù lâche un cri de triomphe :

– Ça y est, je crois que la superpile est pleine. Je vais pouvoir affronter les Karmadors !

Gyorg sourit :

– Chic ! Et après, on va enfin pouvoir manger !

⚡⚡⚡

Dans le ciel, il ne faut pas longtemps à Magma avant de remarquer les éclairs qui jaillissent de la maison du maire.

– Là ! montre-t-il à Gaïa, en désignant la demeure.

⚡⚡⚡

Dans le sous-sol, Riù se dégage du multiplicateur de pouvoirs. Il détache chacun de ses doigts. Gyorg trépigne :

– Chef, quand est-ce qu'on mange ?

demande-t-il pour la dixième fois.

— Attends donc une seconde! répond Riù. Maintenant que ma superpile est pleine d'électricité, il faut la retirer délicatement de la machine. Ça peut prendre plusieurs minutes.

— Chef? demande Gyorg.

— Je t'ai dit d'attendre un peu, sale goinfre! l'interrompt Riù, sans le regarder.

— Chef, c'est parce qu'il y a deux Karmadors derrière vous.

Riù se retourne aussitôt. Devant lui, au pied de l'escalier, se dressent Magma et Gaïa.

— On se retrouve, Riù! fait le chef des Sentinelles.

— Tu parles, qu'on se retrouve! Sauf que, maintenant, je suis invulnérable! se vante le chef des Krashmals.

Magma fait surchauffer le KarmaJet dans le dos de Gyorg. Le gros Krashmal sursaute et commence à tourner sur lui-même:

— Ouille! Ouille! J'ai le dos qui chauffe! se lamente-t-il.

Riù envoie aussitôt une décharge superpuissante vers Magma, qui est incapable de l'éviter. Le pauvre Karmador recule sous l'impact en poussant un cri de douleur,

mais il maintient son rayon sur Gyorg. Gaïa s'avance et vient entortiller sa cape sur la tête de Riù pour l'aveugler.

Pendant ce temps, le Krashmal puant continue de souffrir:

— Aïe! Karmador de malheur! Arrête de faire chauffer mon dos!

Gyorg regarde autour de lui, à la recherche d'une arme pour assommer Magma. Dans son dos, le KarmaJet chauffe tellement qu'il se met à fumer.

Le regard de Gyorg se pose sur la machine. Il a un sourire méchant:

— Je vais t'écraser comme une punaise!

Il s'empare du multiplicateur de pouvoirs et le lève à bout de bras. Riù dégage sa tête de la cape. Une expression horrifiée se dessine sur son visage lorsqu'il aperçoit Gyorg:

— Non! Ne fais pas ça! Noooooooon! hurle Riù.

Gyorg lance la machine vers les Karmadors. Gaïa se jette sur Magma pour le sauver d'une mort certaine. Le multiplicateur de pouvoirs s'écrase contre le mur avec un bruit terrible et il explose sous le choc. Des étincelles jaillissent et des morceaux volent dans tous les sens. Les lumières du sous-sol se rallument aussitôt. La panne est termi-née!

— Zut, je l'ai man-qué! se désole Gyorg, en voyant que Magma est toujours intact.

— Déchet puant! Concombre moisi! Tu as détruit ma machine et ma superpile! fulmine Riù.

Gyorg se rend compte de sa bêtise.

Il prend un air coupable :

— C'est parce que le petit Karmador m'a fait chauffer le dos, chef!

Riù est hors de lui et tape férocement du pied :

— Tu n'avais qu'à enlever ton Karma-Jet au lieu de tout casser!

Gyorg retire aussitôt l'appareil fumant de son dos. Riù se tourne vers les Karmadors et agite les doigts dans leur direction :

— Je n'ai pas besoin de mon multipli-cateur pour vous vaincre, sales Sentinelles! menace-t-il. Je vais vous griller comme des saucisses!

Gaïa recule. Magma, encore sonné, serre les poings, prêt à se défendre.

Sous l'escalier, Mistral reprend ses esprits. Gyorg le remarque aussitôt.

— Euh, chef, le Karmador aux cheveux jaunes se réveille. Qu'est-ce qu'on fait ?

Mistral se relève, prêt à souffler sur les Krashmals. Riù comprend bien qu'il est encerclé et que les Sentinelles sont plus nombreuses que lui. Il décide de battre en retraite vers l'escalier :

— Je pourrais vous anéantir si je le voulais, sales Sentinelles ! lance-t-il avec arrogance. Mais j'ai un rendez-vous très important avec, euh… avec Morviaq, alors je dois partir sans perdre une seconde.

Riù s'enfuit à toutes jambes. Ne voulant pas rester seul, Gyorg le suit en courant. Voyant que Magma et Mistral sont encore faibles, Gaïa choisit de ne pas poursuivre les Krashmals.

– Vous ne perdez rien pour attendre ! leur crie-t-elle.

Chapitre 5

À l'infirmerie, STR complète ses tests.

«Une chance que la panne est terminée», se dit-elle.

Pénélope ouvre les yeux. STR lui prend la main :

— On a eu chaud, mais tout est rentré dans l'ordre.

Pénélope sourit faiblement. STR active sa goutte :

— Gaïa, tu peux annoncer aux enfants que leur mère est réveillée.

✦✦✦

Dans l'atelier, Mistral examine son KarmaJet d'un air découragé:

– Zut, il ne fonctionne plus. Je crois que Magma l'a fait chauffer trop fort.

Lumina, à ses côtés, hausse les épaules:

– Il a agi pour arrêter les Krashmals, ne te plains pas. Un KarmaJet, ça se répare.

Mistral soupire:

— Je sais. Je ne veux pas qu'on pense que je casse mon équipement, c'est tout. Quand j'étais à l'école, tout le monde m'appelait «Jérôme Brisetout».

Lumina se met à rigoler en se rappelant cette époque. Mistral pousse un grognement.

⚡⚡⚡

Riù et Gyorg courent dans une rue de Sainte-Liberté. Ils ouvrent une bouche d'égout et descendent dans les tunnels nauséabonds. Les Krashmals retrouvent l'écoutille du «krashmotte», leur véhicule souterrain.

Une fois à bord, Riù s'assoit sur son trône, essoufflé.

— Te rends-tu compte de ce que tu as fait? demande Riù, complètement exaspéré, à son assistant.

Gyorg est content de répondre:

— Oui, oui, je le sais, chef! Ne me le dites pas, je m'en souviens! Euh… euh… J'ai cassé la machine en mille miettes! C'est ça, hein?

Le gros Krashmal est très fier de se souvenir de sa bêtise: d'habitude, il oublie tout.

Riù le regarde avec mépris:

— Exactement! Et comment vais-je expliquer au Krashmal Suprême qu'on a «accidentellement» pulvérisé son multiplicateur de pouvoirs?

Gyorg se gratte la tête. Il grimace. Puis il fronce les sourcils:

— Ah, ça par exemple, je ne me rappelle pas. J'ai beau chercher dans ma mémoire, je ne trouve pas.

⚡⚡⚡

Dans le salon de la base des Sentinelles, tout le monde est réuni. Pénélope est assise dans son fauteuil roulant, entourée de ses enfants, des Karmadors et de STR.

La chef des Karmadors prend la parole:

— J'ai les résultats de mes analyses. Et je crains que les nouvelles soient mauvaises. Il n'y a pas de remède connu pour la maladie de Pénélope. Je viens de faire des recherches dans les archives karmadores...

— Et alors? demande Lumina.

— Tout ce que j'ai trouvé, c'est un ancien manuscrit qui parle d'une potion mythique capable de guérir tous les maux krashmals. Les anciens appellent ce remède la «Panacée».

— Une potion mythique? Qu'est-ce que ça signifie? demande Mistral.

— Cela veut dire que son existence n'est pas prouvée, répond STR. Et que le remède relève plus de la magie que de la science. En tant que scientifique, je ne me sens pas à l'aise avec cette solution.

Magma se lève :

— Si ce remède a une chance, aussi mince soit-elle, de sauver Pénélope, il faut l'essayer !

STR hausse les épaules :

— Magma, tu es un chimiste. Tu sais tout comme moi que la magie est un phénomène qui nous dépasse.

C'est alors que Pénélope prend la parole :

— STR, tu sembles oublier que je suis une shamane. Je ne suis pas dépassée par la magie, car je la pratique depuis que je suis toute petite. J'ai déjà entendu parler de la Panacée, mais je n'ai jamais réussi à en trouver la formule. Est-ce que tu l'as ?

La chef des Karmadors acquiesce :

— Oui. Je vais te la donner.

Xavier et Mathilde ne peuvent s'empêcher de sauter de joie :

– Hourra! On va pouvoir guérir maman!

STR leur fait signe de se calmer :

– La formule que j'ai trouvée est complexe. Il faudra beaucoup de travail pour la déchiffrer. Et elle contient sans doute des ingrédients extrêmement rares. Peut-être même impossibles à trouver.

– Nous les trouverons! affirme Magma. N'est-ce pas, les Sentinelles?

Les trois autres Karmadors se lèvent et se rangent à ses côtés.

– Nous sommes avec toi, Magma! annonce Gaïa. Et nous allons réussir l'impossible pour sauver Pénélope.

Xavier et Mathilde prennent leur mère dans leurs bras :

– Ne t'en fais pas, maman! la rassure Mathilde. Xavier et moi, nous allons aider les Sentinelles à te guérir.

Pénélope embrasse ses enfants, les yeux pleins de larmes :

– J'ai confiance en vous, mes petits

amours. Grâce à votre aide, je suis sûre que nous trouverons le secret de la Panacée!

Table des matières

Dans le prochain tome...

L'énigme de la Panacée

Dans une petite ville, quatre Karmadors protègent les citoyens contre les méchants Krashmals. Ce sont les Karmadors de la brigade des Sentinelles!

Les Sentinelles se lancent dans leur plus grande aventure: la guérison de Pénélope! Grâce à une très ancienne recette découverte par STR, les Karmadors, aidés par Xavier et Mathilde, vont tenter de trouver tous les ingrédients nécessaires pour concocter un remède qu'on appelle la «Panacée».

Mais cette quête ne s'annonce pas facile car il faut trouver plusieurs ingrédients très rares. Le premier est une toute petite fleur unique au monde qui pousse près du pôle Nord. Et un certain Krashmal du nom de Fiouze a l'intention de se l'approprier avant les Karmadors!

Dans la même série:

La mission de Magma, Tome 1

Le secret de Gaïa, Tome 2

Le souffle de Mistral, Tome 3

L'éclat de Lumina, Tome 4

Les griffes de Fiouze, Tome 5

L'ambition de Shlaq, Tome 6

La ruse de Xavier, Tome 7

La piqûre de Brox, Tome 8

L'aventure de Pyros, Tome 9

Le médaillon de Mathilde, Tome 10

La visite de Kramule, Tome 11

Le défi des Sentinelles − 1re partie, Tome 12

Le défi des Sentinelles − 2e partie, Tome 13

Le mal de Pénélope , Tome 14

Achevé d'imprimer en juin 2009 chez Gauvin, Gatineau, Québec